빠처님 가라사대

나 좋자고 하는
빠순질입니다만

빠처님 가라사대

나 좋자고 하는
빠순질 입니다만

글 빠처님 | 그림 개니

알에이치코리아

차례

빠처님 가라사대

빠순질은 나 좋자고 하는 일이 아니다.
그 누가 나 좋자고
이리 힘들고
눈물 나는 길을 걸으려 하는가.
빠순질은
오빠가 너무 좋아서,
오빠 좋자고 하는 일이다.

빠멘

빠순질
용어 사전

구 오빠   과거에 좋아했던 연예인을 이름

굿즈   아이돌, 영화, 드라마, 소설, 애니메이션 등 문화 전반에서 인물이나 설정, 배경 등을 토대로 출시되는 상품

나수니   빠순이가 스스로를 이르는 말

남덕   성별이 남자인 빠순이

덕질   좋아하는 분야에 심취하여 그와 관련된 것을 모으거나 찾아보는 행위

데뷔팬   연예인이 데뷔했을 때부터 팬이었던 빠순이를 이르는 말

떡밥   좋아하는 장르나 분야의 새 소식을 일컫는 말로 이 책에서는 좁은 의미로 아이돌 컴백, 다음 앨범 콘셉트 등을 유추할 수 있는 단서를 말하며, 넓은 의미로는 새로 뜬 사진, 스케줄, SNS, 영상 등을 전부 통칭함

머글   팬질을 하고 있지 않은 일반인을 이르는 말

빠밍아웃   빠순이와 커밍아웃의 합성어로, 자신이 연예인 빠순이라는 사실을 밝히는 행위

빠순살   빠순질을 할 관상

빠순심   연예인을 향한 빠순이들의 마음

빠순질	빠순이들이 연예인, 혹은 동경의 대상이 되는 인물을 사랑하여 행하는 모든 행위
사생	연예인의 사적인 부분까지 파헤치는 질이 나쁜 팬
얼빠	얼굴 빠순이의 줄임말로, 연예인의 얼굴만 보고 좋아하는 팬들을 지칭
일코	일반인 코스프레의 줄임말로, 자신이 덕후인 사실을 숨기고 일반인인척 행동하는 것을 말함
일코해제	일반인 코스프레를 해제하고 자신이 덕후인 것을 숨기지 않는 것
입덕	한자 '入(들 입)' 자와 덕후의 '덕'을 합친 말로, 누군가를 좋아하기 시작했다는 뜻
잡덕	한 연예인, 한 그룹, 특정 분야가 아니라 이것저것 가리지 않고 많은 분야에서 덕질을 하는 사람
최애	최고로 애정하는 멤버의 줄임말
탈덕	한자 '脫(벗을 탈)' 자와 덕후의 합성어로, 덕질을 그만두는 행위
포카	스타의 사진을 인쇄하여 만든 '포토카드'의 줄임말
프로 인생러	인생을 프로답게 즐기며 사는 사람
현 오빠	현재 빠순질을 하고 있는 연예인
현타	'현자타임' '현실자각타임'의 줄임말로 욕구 충족 이후 밀려오는 무념무상의 시간을 일컫는 말

1
빠순질은
본디
미쳐야
가능하다

내쉬는 숨 한마디 마디에도
그의 생각이 끼어 있으니
그를 사랑한 순간부터
헛되이 낭비된 시간이
하나도 없느니라.

빠멘

빠처님 가라사대

입덕이라는 말을 아무에게나 하지 말라.

그것은 곧

이제 당신 말고는 나에게 남는 게 없을 거라는 말과 같나니.

빠멘

빠처님 가라사대

아침, 점심, 저녁
삼시 세끼 평생 먹어도 질리지 않고
매번 맛이 다른 밥은 **떡밥**이니라.

빠멘

빠처님 가라사대

빠순이는
탁한 도시의 공기도
두렵지 않다.

오빠의 존재는
아마존 열대 우림보다도
공기 정화력이 강하느니라.

빠멘

날씨가 좋을수록
쓸데없는 꽃 보러 가지 말고
집에서 진정한 꽃놀이를 즐겨라.

빠멘

빠치님 가라사대

오빠는 나의 눈을
뜨게 한 것이 아니라 멀게 하였거늘.
하지만 **이 눈먼 세상**이
그 어떤 세상보다 밝고 찬란하니라.

빠멘

빠순질은
앨범을 산다.
소장용 한 장 더 산다.
포토카드 모으려고 산다.
팬 싸인회 가서 산다.
다른 지역 팬 싸인회 가서 더 산다.
전시용 한 장 더 산다.
앨범 판매량 올려주려고 산다.
생각나서 산다.

빠멘

빠처님 가라사대

빠순질은 가만히 앉아 동공만 움직여도
엄청난 칼로리를 소비하는
파워 운동이니라.

빠멘

빠처님 가라사대

빠순이에게 나이는 핑계이니라.

오빠를 향한 빠순심으로 못할 것이 없으니.

빠멘

빠처님 가라사대

마음속에선 도시 하나를 부수어놓고
겉으로는 두 손가락으로
자판만 두드려야 하는 빠순이야말로
사리가 나오지 않을 수 없느니라.

빠멘

빠처님 가라사대

자신의 한계를
경험해보고 싶을 땐

철인 3종 경기 말고

빠순질을 하라.

빠멘

빠처님 가라사대

이력서에 빠순질 경력 유무란이 있으면
한번에 성실하고 능력 있는 인재를
뽑을 수 있을 것이니라.

빠멘

빠처님 가라사대

남이 산다고
너수니도 반드시 사야 하는 건 아니지만

일단,,,,,,,,,,,,,,,,,,,,

,,,,,,,,,,, 일단은
사볼 것.

빠멘

빠처님 가라사대

배불러 죽겠대도 디저트 들어가듯
돈 없어 죽겠대도 굿즈 살 돈 나오느니라.

빠멘

빠처님 가라사대

빠순이의 핸드폰 용량 부족 알람은
세상 제일 눈치 없고
쓸모없기 짝이 없는 것이

꼭 한여름의
초파리 같느니라.

빠멘

부처님 가라사대

현재 삶에 대해
뒤돌아봐야 할 때는

아플 때도

성적이 엉망일 때도

돈이 없을 때도 아닌

출국하는 오빠를 보면서
그게 무슨 스케줄인지
모를 때이니라.

빠멘

평생 오빠를 만나는 상상에
오늘을 살아가는 빠순이가 있느니라.

빠멘

빠처님 가라사대

왜 우리는
나수니가 지금 이 순간을 참고 안 사면
끝까지 안 갖고 싶을 거라고 생각하는지.
밤새 꿈에 나와 잠을 설치고 나서야
뒤늦게 보안카드를 찾으리오.

빠멘

빠치님 가라사대

굿즈 충동구매는
그 순간엔 혼란스럽더라도

후엔 길이길이
스스로에게 박수를 보내는 일.

부처님 가라사대

♥ **사랑**은 오빠가 밥을 먹었는지
잠은 잘 잤는지 궁금한 것이고

사생은 오빠가 밥은 먹었는지
잠은 잘 잤는지 알고 있는 것이니라.

빠멘

우리의 알 권리는
오빠가 보여주지 않은 것에는 없느니라.

빠처님 가라사대

지난 빠순질에 미련 갖지 말되

미래의 빠순질을 기약하지도 말라.

빠멘

2
관상에
빠순살이
끼었구나

빠처님 가라사대

빠순질은 어리게 하되
유치하게 하지 말라.

빠멘

빠처님 가라사대

인생에서 가장 아름다운 시기를
청춘이라고 한다면
오빠를 사랑하는 한
우리의 **청춘**은 무한하리오.

빠멘

빠처님 가라사대

당당한 빠순이의 필요조건
"덕질은 **자기 돈으로**"

빠멘

빠처님 가라사대

빠순질을 교양 없는 취미라 말하지 말라.
나수니에겐 **포카 정리**가 **꽃꽂이**이며,
포스터 도배가 **명화 감상**이니라.

빠멘

치매 걸려 내 이름은 까먹어도

오빠 이름은 까먹지 않는 것을.

빠처님 가라사대

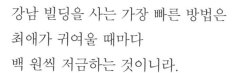

강남 빌딩을 사는 가장 빠른 방법은
최애가 귀여울 때마다
백 원씩 저금하는 것이니라.

빠멘

우리더러
환상 속에 산다고
하지만

우리는 그 누구보다
현실을 일찍 깨닫고
재빨리 대비책을
세웠을 뿐이니라.

빠멘

빠처님 가라사대

4월의 흐드러지게 핀 **벚꽃**을 보고도
충만한 감흥이 들지 않아 왠가 하니
오빠를 만난 그때부터 **매 순간 봄**이었도다.

빠멘

빠처님 가라사대

빠순이로서 한양에 산다는 건
하늘로부터 협찬이 들어온 것.

빠멘

빠처님 가라사대

그걸 먹지 않으면
굿즈가 하나 더.

빠멘

빠처님 가라사대

'**바쁘다**'는 말의 의미는

'**일이 많다**'는 게 아니라

빠순질이 밀리고 있다는
의미이니라.

빠멘

빠처님 가라사대

오늘의 덕질을 내일로 미루지 말라.
내일은 내일의 **떡밥**이 뜨나니.

빠멘

빠멘

굿즈는 사고 사서 많아도 또 사는 것.

옷은 사고 사도 없어서 또 사는 것

빠처님 가라사대

빠처님 가라사대

친구를 사귈 때 **피해야 할 사람**은

거짓말을 밥 먹듯 하는 사람
자신보다 약한 자를 무시하는 사람
최애가 같은 사람

빠멘

빠처님 가라사대

빠순이여.
이제 굿즈를 봉인해놓고
꺼내보지도 못하고 죽는 시대는 갔다.

꺼내라!

전시하라!

감상하라!

빠멘

빠처님 가라사대

굿즈 욕심 없는 빠순이는 없다.
뒤늦게 눈물로 **중고나라**를 뒤지는
빠순이만 있을 뿐.

빠멘

제발 말하건대

사고
고민하라.

빠멘

빠처님 가라사대

나를 위해
보증 빼고 모든 걸 다 해줄 수 있는
진정한 친구는

○────── 홍대입구 ──── 2호선 지하철역 에서 ──────── ○ 신도림 ──── ○ 강남

내 오빠 전광판을 보았다며
찍어서 보내주는 친구이니라.

빠멘

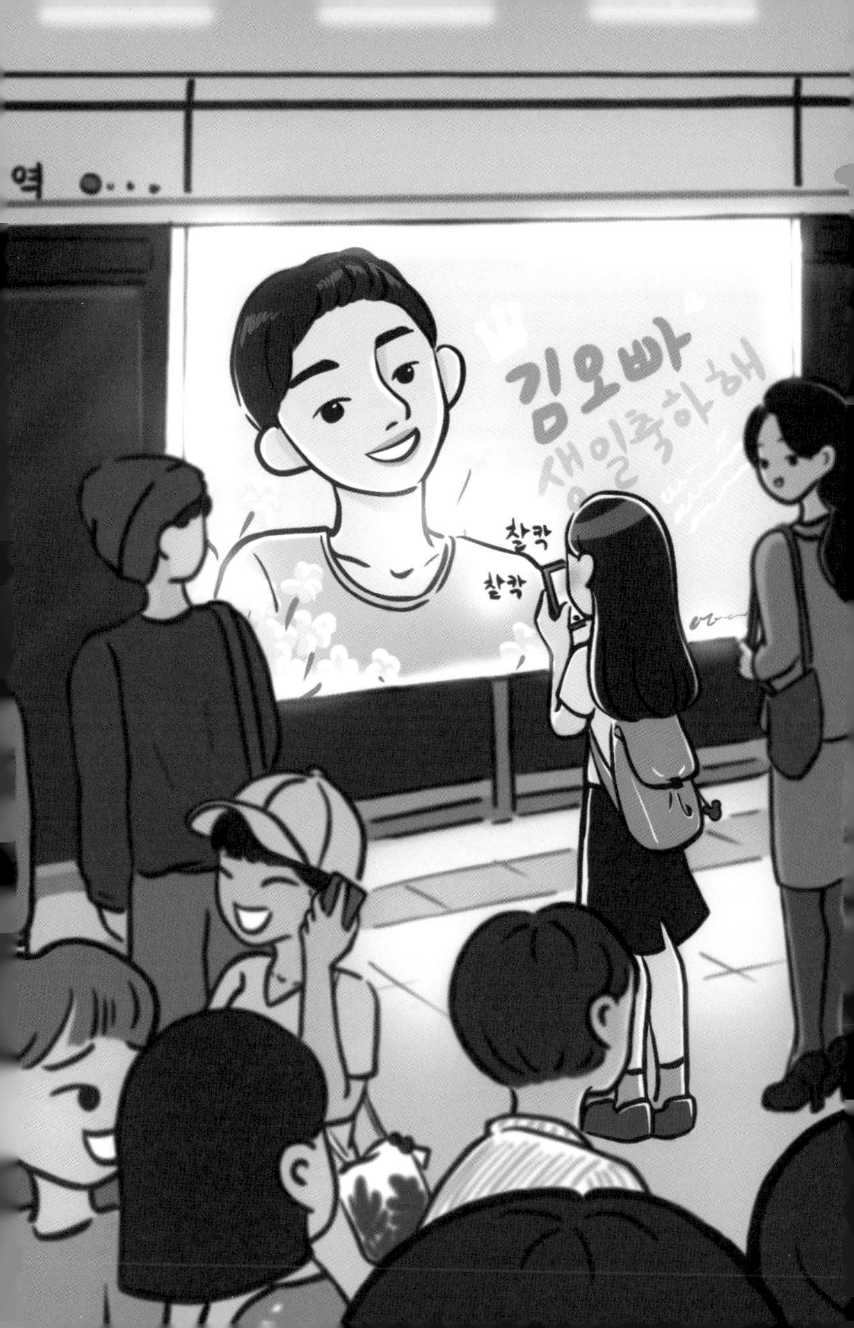
역
김오빠
생일축하해
찰칵
찰칵

빠처님 가라사대

빠순질은 빠순이가 하고
계는 머글이 탄다고 너무 슬퍼하지 말 것.

고개를 돌려보라.

모두 함께 울고 있지 않느냐.

빠멘

빠처님 가라사대

빠순질과 현실의 경계를 구분하지 말라.

어차피 못하느니라.

빠멘

빠처님 가라사대

나의 빠순질에 관여할 수 있는 사람은 오직
오빠뿐.

빠멘

3

숨지 마라,
빠순이여!

빠처님 가라사대

그를 알아본
영특한 스스로에게
감동하라.

빠멘

쓰담

쓰담

정말 일코가
필요한 사람들은

고민할 겨를이
없느니라.

빠멘

빠처님 가라사대

솔직히 말하면
빠순질 조금 안 한다고

그렇게 큰일 난다.
일분일초도 놓치지 말지니.

빠멘

빠처님 가라사대

아무것도 모르는 머글에게
빠밍아웃 하지 않는 이유는
창피해서가 아닌
또 백지에 엄청난 분량의
'**내 사랑의 역사에 대한 논문**'을
쓰기 귀찮기 때문이니라.

빠멘

빠처님 가라사대

굳이 불쌍한 머글들에게 이해를 구하지 마라.
아직도 빠순질 안 하는 것을 보면 모르겠는가.
그들의 복은 거기까지이니라.

빠멘

빠처님 가라사대

남 눈치 보며 하는 빠순질은

비둘기 고기일까 봐
치킨 안 먹는 것과 같다.

빠멘

빠처님 가라사대

누군가

네 인생에
그 오빠가
무슨 필요냐

고 얘기하면

오빠 아님
이 인생이
무슨 필요냐

고 답하라.

빠멘

빠처님 가라사대

예상외로 **일코해제**하면

떨어지는 **콩고물**이 있나니.

빠멘

빠처님 가라사대

빠순이는
한심하게
하루 종일
빠순질에만
빠져 있는 것이
아니라

척박하게 비어 있는 하루를
벅찬 것들로
가득 메우는 법을
아는 것이니라.

빠멘

빠처님 가라사대

어차피
살
거면서

가증스럽게
고민하지
말라.

빠멘

119

빠처님 가라사대

수니의 사랑에 무엇이 남냐며
되묻지 마라.
오빠가 남는다.

빠멘

121

빠처님 가라사대

자신의 훈계가
나수니의 덕질에 영향을 끼칠 거라고
생각하는 사람에겐
감사의 의미로 **인맥정리**를 선물하라.

빠멘

빠처님 가라사대

빠순이를 한심해하지 말라.

빠순이는 아무런 대가 없이

가장 열정적이고
가장 희생적이다.

빠멘

빠순이만큼
엄청난 잠재력을 가지고 있는
인력도 없다.

빠멘

빠쳐님 가라사대

누군가 왜 너보다 잘 버는 오빠에게
돈을 주느냐는 말엔
왜 너는 너보다 **돈** 많은 이건희에게
돈을 주느냐고 답하라.

돈은 가난한 자에게 주기 위해서가 아닌
나의 행복을 위해 투자하는 것에 있나니
그 근본에 상대의 빈부는 상관이 없느니라.

빠멘

빠처님 가라사대

빠순질을 하지 않는 자여,
전생에 어떤 업보가
너의 인생을 이렇게 공허하게 만들었는가.

빠멘

빠처님 가라사대

우리의 사랑은
이해받아야 하는 것이 아니다.
그냥 존재하는 것일 뿐.

빠맨

빠처님 가라사대

빠순이여   을 내라.
빠순질을 하고 있는데
이 세상에 못할 게 무엇이 있겠느냐.

빠멘

빠쳐님 가라사대

나수니를 보며
"오빠 보려고 엄청 애쓴다.
오빠는 죽어도 모를 텐데"
라고 하지만

우리는 단지
오빠가 나수니를 마주하기 위해
나수니는
죽어도 모르게 행했을
노력들에 보답하는 것일 뿐이니라.

빠멘

빠처님 가라사대

빠순이는
천민이라는 생각을
버릴 것.

이렇게 아름답고 행복한
천민의 삶이 어디 있는가.

빠멘

4
세상에
믿을 사람 없지만
믿을 요정은
많다

빠처님 가라사대

세상 어떤 일도 빠순질만큼
투자 대비 최대 행복일 수 없느니라.

빠멘

빠처님 가라사대

함부로 **레전드**라 칭하지 말라.

.

.

.

.

.

.

.

.

.

.

.

.

.

아직 **내일의 오빠**도 안 봤으면서.

빠멘

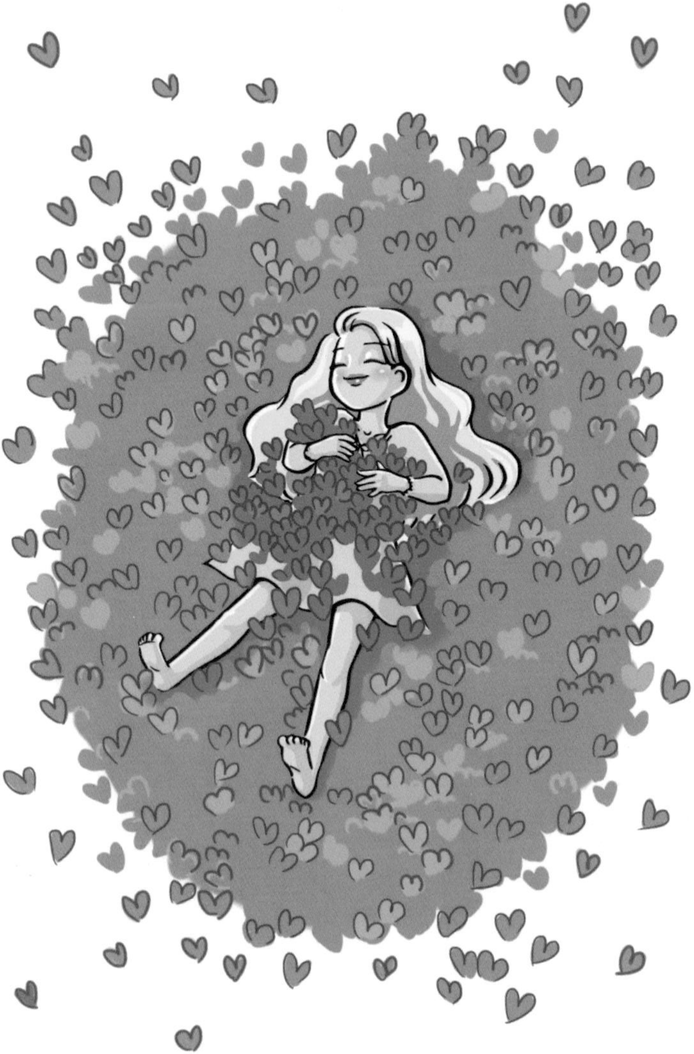

빠처님 가라사대

오빠는
내 인생은 책임져주지 않지만
인생에서 가장 중요한 행복은
책임져주느니라.

빠멘

빠처님 가라사대

오빠는

때론 장엄하게

또는 여리게

자주 활기차게

가끔은 우아하게

다음을 모르게 변화하지만

결국 하나의 선율로 연주되는

환상적인 변주곡이니라.

빠멘

부처님 가라사대

세상 사람들이 **행복**을 찾으려
미친 듯이 일하며 고뇌할 때

나수니는 누워서
오빠가 떠먹여주는
행복만을 받아먹고 있으니

이 어찌 너무나
거저먹는
인생이 아닌가.

빠멘

빠처님 가라사대

빠순질에
덜해지는 것은
나수니의
통장 무게뿐

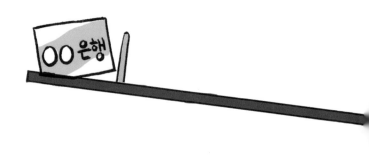

모든 것이
다 더해지니
고민 말고 행하라.

빠멘

세상을 유지하는 힘은

구성원들의
꿈도 열정도 아닌

그들의 최애.

빠멘

빠처님 가라사대

삶이 팍팍할 땐
조용히 **최애의 이름**을 읊조려보라.

빠멘

빠처님 가라사대

오빠 때문에

인생을 등한시한다고 하지만

오빠 덕분에

인생의 엿 같음을 등한시하는 것이니라.

빠·멘

빠처님 가라사대

**냉난방비 절약엔
청량한 오빠 목소리만 한 게
없느니라.**

빠멘

오빠는 어찌 그리 많은
그림체를 가지고 있는지,

나수니는 한 장도
같은 그림을
본 적이 없느니라.

다채로운 조명 아래서
오빠가 그려낸
작품들 중에

투틀

빠처님 가라사대

일찍 입덕한
수니를 인정하라.
나수니보다
먼저 오빠를 알아본
사람이니라.

빠멘

빠처님 가라사대

"너 덕질 시작하고
이상해졌어" 라는

말에는

"드디어 오랜 시간 찾던
진짜 나를 만났어"라고

답하라.

빠멘

빠처님 가라사대

온 우주가 오빠를 돕는 것이 아니라
오빠가 온 우주를 돕는 것이니라.

빠멘

빠처님 가라사대

현 오빠는 구 오빠보다 더 하지 않고
구 오빠는 현 오빠보다 덜하지 않느니라.

빠멘

빠쳐님 가라사대

누구는
평생 못 만날 수도 있는
이들을

나수니는
그 지름길을 알아
벌써 만났으니
이 삶은
이미 성공한 것이
아니던가.

빠멘

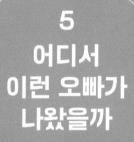

5
어디서
이런 오빠가
나왔을까

아침에
눈뜨자마자
떠오르며
미소 지어지는
누군가가 있다는 것이
얼마나 행복한 일이더냐.

빠멘

빠처님 가라사대

울지 마라.

눈물 때문에
최애가 안 보인다.

빠멘

빠처님 가라사대

감정에 솔직해져라.
이제는 부정 말고 오빠를 받아들여라.

빠멘

빠처님 가라사대

오빠가 너무 귀여운 건
신의 장난이 아니다.

장난 아니다.

그냥 장난 아니다.
너무 귀엽고 장난 아니다.

빠멘.

빠처님 가라사대

네가 안 간 그날이
레전드.

물론

네가 간 그날도
레전드.

빠멘

183

빠처님 가라사대

정말 잘해서 감탄했는데
알고 보니 내 오빠였을 뿐
절대 내 오빠라는 이유만으로
감탄한 것이 아니니라.

빠멘

빠처님 가라사대

예쁜 것들은 예쁨으로 할 일을 다 했듯
오빠는 탄생만으로
이미 할 일을 다 한 것이니라.

빠멘

최애야
넌 살아 있는게
팬써비스야

빠처님 가라사대

오빠를 보러 가는 길에
가깝고 먼 거리는 없느니라.

설렘을

짧게 맛볼 거리와

오래 음미할 거리만 있을 뿐.

빠멘

빠처님 가라사대

지나간 떡밥에 미련을 버릴 것.
오빠는 **무궁무진**하느니라.

빠멘

빠처님 가라사대

모든 빠순질에는
오빠 얼굴이 전제로 깔려 있으니
얼빠라는 모순된 단어는 쓰지 말라.

빠멘

빠처님 가라사대

오빠와
같은 나라에서 자랐다는
사실은

그의 억양, 농담, 말투, 습관 같은
작고 사소한 것들에서
큰 포인트와 더 많은 귀여움을
잡아낼 수 있는
또 하나의 축복이니라.

빠멘

빠처님 가라사대

가끔 세상의 아름다운 것들이
측은해질 때가 있다.

너희가 아무리
몸부림 쳐봐도
오빠가 있는 한
너희는 거기까지이니라.

빠멘

빠치님 가라사대

빠순이는 죄가 없다.
내 오빠의 아름다움이 죄일 뿐.

빠멘

빠처님 가라사대

오빠의 공백기는
탈덕하기 좋은 시기가 아니라

바빴던 활동기를 되짚으며
당시엔 나수니가 놓쳤던
미세하지만 경악할 만큼 좋은 포인트들이
나수니를 옭아매는 **재입덕기**니라.

빠멘

빠처님 가라사대

오빠의 땀이 성수(聖水)인 이유는
오빠가 그 땀을 흘릴 수 있게 되기까지
걸린 시간이
무대 위에서의 단 3분 만이 아니라는
사실을 알기 때문이니라.

빠멘

6
우리는 한 번도 진지하지 않았던 적이 없다

빠순질 안에 있노라.
모든 삶의 방식도
모든 인생사가 있나니
빠순질에

빠처님 가라사대

빠멘

빠처님 가라사대

사랑은
그의 시간이
나의 시간이 되는 순간
시작되느니라.

빠멘

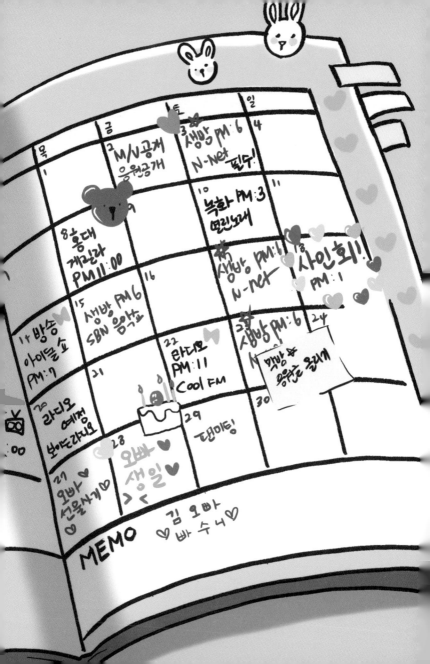

빠처님 가라사대

사랑이란

우리는 매 순간 당신 생각과

걱정들만으로 가득하면서도

당신은 깊은 생각 하나에도
매달리지 않길 바라는 것.

빠멘

빠처님 가라사대

나수니의 행동이
오빠의 이미지를 만든다.

빠멘

❤️ 💬 ✈️

좋아요 빠처님, bbasun-life 외 52,602명이 좋아합니다.
tafan12 :
   오늘 ○○팬들 완전 매너 갑! ○○도 호감됐음 #○○ #빠수니
  #매너

빠처님 가라사대

세상에서 가장 순수하고 숭고한 사랑은
모성애와 **부성애**이고

그다음은 **빠순애**이니라.

빠-멘

빠처님 가라사대

시간이 지날수록 알게 되는
가장 멋진 순간은
그 어떤 특별한 순간이 아닌

오빠를 알 수 있었던

내가 살아 온 그 모든 순간이었음을.

빠멘

빠처님 가라사대

빠순이들은 절대
돈을 헤프게 쓰는 것이 아니니라.

하면서
후회를 최대한 줄이려는
프로 인생러들이니라.

빠멘

'인생 얼마나 길다고
이게 뭐라고
내가 이거 하나 못 사는가'

오빠를 사랑하는 방법에
남을 미워하는 법은 없느니라.

빠멘

빠처님 가라사대

'넌 빠순질 할 열정으로
○○했으면 성공했을 텐데'가 아닌
빠순질이니
이러한 열정이 나오는 것이니라.

빠멘

오빠의 아픔까지 대신 아파해주지 말라.
진정 사랑한다면
더 큰 아픔이 오빠에게 왔을 때
견뎌낼 수 있도록 단단하게 만들어주어라.

빠멘

빠처님 가라사대

사랑한다는 것은 눈에 넣어도

안 아픈 것이 아니라

엄청 아픈 와중에도

작은 눈 안이 좁지 않을까

걱정이 앞서는 것.

빠멘

빠처님 가라사대

탈덕하면서
그동안 썼던 **돈을**
아까워하지 마라.

그 돈을 쓰면서
느꼈던 **행복감**은
어디서 무얼 사도
쉽게 느끼지 못할지니.

빠멘

빠처님 가라사대

우리의 사랑을
멋대로 노력으로 치부하여
비웃는 자에게 이르노니.

노력은
못하거나
하기 싫은 일에 하는 것이니
우리는 단지 사랑을 행하였을 뿐
한 번도 노력한 적이 없느니라.

빠멘

빠처님 가라사대

잊고 살았던
오래 전 구 오빠의 소식이 들려올 때
흥분되는 이유는

먼지 쌓였지만 변치 않고
눈부시게 남아 있던
그 시절 나수니의 모습을
찾았기 때문이니라.

빠멘

빠순질은
돈 많은 사람이 하는 게 아니다.

돈을 행복하게 쓰는 법을
아는 사람이 하는 것이다.

빠·맨

빠치님 가라사대

빠순질을 시작한 뒤로
먹고 싶은 것 덜 먹고
예쁜 옷 덜 입고
비싼 화장품을 멀리하였으며
몇 정거장 더 걷게 되었지만

우린 전보다 **더 배부르고**

더 아름답게 빛나며

마음은 **더 편안해지고**

나의 삶은

나에게 더 사랑받게 되었느니라.

빠멘

빠처님 가라사대

다들
힘들다
극하다
지친다
울어대지만
빠순질 없는 삶이 얼마나 싫은지
아무도 안 한다고 하지는 않는구나.

빠멘

빠처님 가라사대

잊지 않으면 잊히지 않는다.

빠멘!

"아!
깨우친
빠순이로다"

빠처님과의
즉문즉답

Q1. 내가 언제까지 빠순이 짓을 할까?

 빠처님 가라사대 가장 어리석은 빠순이는 빠순질의 끝을 생각하는 빠순이다. 빠멘

Q2. 스탠딩이 좋을까요, 좌석이 좋을까요?

 빠처님 가라사대 오빠 앞에서 너의 육신을 아끼지 마라. 빠멘

Q3. 빠처님. 시험 앞두고 울오빠 덕질하다가 내 인생이 망하게 생겼는데 어떡하죠?

 빠처님 가라사대 성공보다 중요한 것은 행복이고 행복은 여기 있느니라. 빠멘

Q4. 이 오빠는 멋있고 저 오빠는 귀엽고 저 언니들은 청량하고… 친구들이 잡덕이라고 놀려요. 여러 그룹을 좋아하면 안 되는 건가요? 빠처님, 잡덕은 나쁜 건가요?

 빠처님 가라사대 한 가지 색만 안다면 인생의 다채로움이라는 것은 평생 알 수 없느니라. 빠멘

Q5. 빠처님. 이 볕 좋은 날 도서관에서 공부와 함께 빠질을 할 수 있는 좋은 법을 알려주시옵소서.

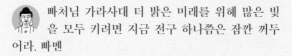 빠처님 가라사대 더 밝은 미래를 위해 많은 빛을 모두 키려면 지금 전구 하나쯤은 잠깐 꺼두어라. 빠멘

Q6. 빠처님 오빠에 대한 안 좋은 소문이 사실인지 아닌지 모를 때는 어찌해야 하나요. 만약 사실이라면 실망할 것 같은데 탈덕은 못 할 것 같습니다. 가르침을 주십시오. 빠멘

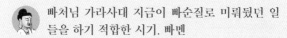 빠처님 가라사대 지금이 빠순질로 미뤄뒀던 일들을 하기 적합한 시기. 빠멘

Q7. 빠순질하는 오빠가 군대에 있습니다. 내년 2월에 민간인이 되는데 어떻게 기다려야 합니까?

빠처님 가라사대 오빠가 돌아오기 전에 오빠의 종적을 되짚어라. 세상에서 가장 빠르게 행해지는 일은 기다림이라는 것을 알게 될 것이니라. 빠멘

Q8. 빠처님. 현실이 빠질을 잡으려 자꾸 손을 뻗습니다. 현실에 빠질이 잡힐까 두려우니 어떻게 하면 마음의 안정을 얻을 수 있겠습니까?

빠처님 가라사대 달리기엔 자고로 탄탄한 체력이 필요한 법. 착실한 현실이 탄탄대로가 되어주느니라. 빠멘

Q9. 빠처님. 오빠 빠순질을 할 때 남의 눈을 신경 쓰지 않을 수 있는 힘을 제게 주세요. 남의 눈이 너무 신경 쓰여서 오빠 빠순질이 힘듭니다.

 빠처님 가라사대 밥 먹을 때 왜 살의 눈치는 보지 않는가. 빠멘

Q10. 덕질을 시작하면 일상생활에 방해가 되는데 어떡하죠? 일상생활 하다가도 자꾸 덕질하고 싶다는 생각에 집중도 안 되고… 덕분에 성적도 하락세고… 덕질을 자제하고 싶어도 자제가 안 됩니다. 살려주세요.

 빠처님 가라사대 성덕이 되는 첫 번째 지름길은 나 자신을 이겨내는 것. 빠멘

Q11. 빠처님 저는 남들과 최애오빠가 겹치는 게 싫습니다. 친구들이 그런 걸 왜 싫어하냐고 물어볼 정도로 싫어하는데 어떻게 하면 좋을까요?

 빠처님 가라사대 바꿀 수 없다면 피하라. 빠멘

Q12. 빠처님의 가르침이 시급하여 일개 수니가 여쭙니다. 내 아이돌의 실체 없는 소문에 멘붕과 현타가 사라지지 않습니다. 계속 행복한 덕질을 하고픈데 이 고난을 어떻게 이겨내야 하겠습니까? 제발 가르침을 주십시오.

빠처님 가라사대 견딜 수 없으면 포기하라. 빠순질도 나를 위해 하는 것이니 나수니가 결정함에 있다. 허나 내 사랑이 여기까지였음을 인정할 수 있을 때 진정 포기할 수 있느니라. 빠멘

Q13. 남자가 남자 핥는데 편견의 시선을 보내는 이 현실을 어찌 해야 합니까. 남덕이 죄악입니까?

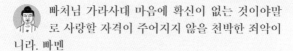 빠처님 가라사대 마음에 확신이 없는 것이야말 로 사랑할 자격이 주어지지 않을 천박한 죄악이 니라. 빠멘

Q14. 빠처님. 탈덕이란 무엇입니까?

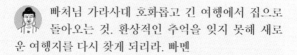 빠처님 가라사대 호화롭고 긴 여행에서 집으로 돌아오는 것. 환상적인 추억을 잊지 못해 새로 운 여행지를 다시 찾게 되리라. 빠멘

Q15. 빠처님. 덕질을 여러 방면으로 하고 있어서 힘들고, 잡덕이 된다는 불안감이 있습니다. 어찌해야 할까요?

빠처님 가라사대 '많은 이를 사랑하는 것', '사 랑하는 많은 이를 더 이상 사랑하지 않는 것' 어 느 것이 진정 힘든 일이더냐. 빠멘

Q16. 일도 힘들고 덕질도 힘들어요. 즐겁게 살고 싶은데 내일이 오늘보다 나아질 거라는 기대도 되지 않아요. 병행이 무리인 걸 까요?

빠처님 가라사대 오빠를 앎에 이미 즐거운 인생 이어야 하거늘. 오빠의 성장에 오늘보다 더 나 을 내일이거늘. 아직 사랑을 하고 있지 않구나! 사랑을 찾아야 하느니라. 빠멘

Q17. 빠처님, 덕질이 힘들어 모든 걸 놔버리고 싶을 땐 어떡해야 하나요? 오빠들을 보내줘야 하는 걸까요?

 빠처님 가라사대 오빠들을 받아들이려면 나수니가 먼저 완성되어 있어야 하느니라. 빠멘

Q18. 빠처님. 하고픈 말이 너무 많지만 그냥 속으로 삼킬 때는 어떤 마음을 가져야 하나요? 묻고 갑니다. 빠멘

 빠처님 가라사대 가끔은 가리어진 것들이 아름답다. 빠멘

Q19. 오빠를 영접하고 나면 울어요. 두 번 봤는데 두 번 다 울었어요. 왜 이런 거죠? 빠처님은 아시나요?

 빠처님 가라사대 꼭 알 필요가 있는가. 계속 그렇게 솔직하게 사랑하라. 빠멘

Q20. 왜 덕질조차 '노'와 '애'로 고통 받아야 하는 거죠?

빠처님 가라사대 행복만을 느끼는 사람은 행복이 행복인지 절대 알지 못하느니라. 행복은 고통을 거칠수록 짙어지고 커지는 것. 너수니가 알고 있는 희망도 너수니가 겪은 값진 고통에서 태어났을 것이니라. 빠멘

Q21. 가끔 현타가 오면 어찌해야 합니까?

빠처님 가라사대 그래서 나처님이 있는 것이 아니냐. 말씀을 되짚어라. 더 이상 고통 받지 않으리라. 빠멘

Q22. 덕심이 너무 불타올라 빨리 식어버릴까 겁이 납니다. 오래오래 행복하게 덕질하고 싶은데….

빠처님 가라사대 당장 내일이라도 변하는 것이 빠순이 마음이니 사랑하는 그 감정 그 시간 그 순간을 음미하며 사랑하면 그 순간만큼은 영원히 오래오래 남지 않겠는가. 빠멘

Q23. 빠처님. 한 사람을 너무나 사랑하면 그 사람의 모든 게 예뻐 보인다는데, 저는 우리 오빠의 마이웨이 패션 취향을 품을 수가 없습니다. 저의 덕심이 부족한 것일까요?

빠처님 가라사대 취향은 품는 것이 아니니라. 그냥 존재할 뿐. 너수니는 오빠를 사랑하는 사람이지 오빠의 취향을 사랑하는 사람이 아니다. 빠멘

Q24. 빠처님. 탈덕에 기준이 있다면 무엇일까요?

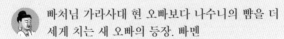

빠처님 가라사대 현 오빠보다 나수니의 빰을 더 세게 치는 새 오빠의 등장. 빠멘

Q25. 빠처님. 오빠들이 자꾸 떠올라서 현생이 방해받으면 어떻게 해야 할까요?

빠처님 가라사대 어찌 그게 활력이 되질 못하고 방해가 되니 너수니의 마음가짐이 어리석구나.
빠멘

Q26. 구 오빠 덕질메이트들이 너무 좋고 이 관계를 유지하고 싶지만 현 덕질에 구 오빠는 포기한 상태입니다. 덕질메이트들에게 커밍아웃 했지만 돌아올 거라면서 저에게 구 오빠를 버리면 안 된다고 하는데, 어떻게 해야 할까요?

빠처님 가라사대 사랑이 나수니의 마음대로 되는 것이었다면 여기까지 오지도 않았을지니. 빠멘

Q27. 빠처님! 콘서트는 어떻게 해서라도 가는 게 맞는 건가요? 좋은 자리였는데 취소했습니다. 하지만 미련이 남아요. 쩌리석으로 가기에는 너무 마음이 아픈데 어떻게 할까요?

빠처님 가라사대 너수니가 콘서트를 다녀온 후에 어떻게 이야기할지 생각해보라. 과연 먼 좌석에 가 마음 아팠던 것이 기억날까. 그날의 벅참과 흥분에 좌석은 기억도 나지 않을 것이니라. 빠멘

Q28. 고백하건데 저는 얼빠입니다. 그렇다고 빠순이 자격이 없는 건 아니지요?

빠처님 가라사대 좋아하면 그 사람 얼굴을 보고 사랑하면 그 사람 표정을 보느니라. 빠멘

Q29. 빠처님. 오빠들이 좋은 것과 무대가 오글거리는 건 다른 건가요? 얼마 전에 늦덕이 됐는데 빠순 렌즈를 껴도 감당이 안 되는 무대는 어떡하나요. 다른 팬들은 다 멋있다는데 전 오글거려서 차마 못 보겠어요. 다 제 빠심이 부족한 탓인가요?

빠처님 가라사대 우리는 어떤 무대든 최선을 다하는 오빠의 땀방울을 사랑하면 되는 것이다. 빠멘

Q30. 빠처님. 때때로 오빠가 아이돌 인생을 살면서 참고 웃는 모습을 보며 '우리 오빠 어찌 저리 불쌍할꼬' 하게 되는데, 그게 더 오빠를 가엾게 만드는 것 같아 미안하고 싫을 때가 있습니다. 어찌하면 이 죄책감의 굴레에서 벗어날 수 있을까요?

빠처님 가라사대 동정 아닌 위로를, 위로보단 응원을, 응원보단 모든 과정들을 견뎌내고 강해지고 있는 오빠에게 사랑을. 빠멘

Q31. 현타가 올 때는 어떡해야 하나요? 어떡하면 현실을 깨닫는 선에서 덕질을 할 수 있을까요? 괴로운 밤입니다.

빠처님 가라사대 현실까지 깨닫기엔 덕질에서 깨우쳐야 할 것들이 너무 많지 않은가. 빠멘

Q32. 정녕 순탄한 빠질은 있을 수 없는 건가요? 멘탈이 남아나질 않습니다. 가르침을 주세요.

빠처님 가라사대 가시 없는 장미는 아름답지 않느니라. 빠멘

Q33. 빠처님. 오빠의 걱정을 덜어주려면 감히 미천한 제가 뭘 할 수 있을까요?

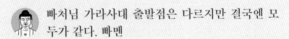 빠처님 가라사대 즐겁고 행복한 사랑을 계속하는 것. 오빠에겐 더 이상 너수니에게 즐거움과 행복함을 주지 못한다는 것이 가장 큰 걱정이니라. 빠멘

Q34. 빠순질을 늦게 시작한 게 후회가 됩니다. 저만 모르는 떡밥이 있으면 어쩌죠?

빠처님 가라사대 출발점은 다르지만 결국엔 모두가 같다. 빠멘

Q35. 탈덕한 친구들이 구 오빠를 비웃는 게 너무 기분 나쁩니다. 한마디 해주고 싶은데, 빠처님께 조언 구합니다.

빠처님 가라사대 한때 진심을 다해 좋아했던 오빠에게 무관심하되 욕은 절대 하지 말라. 그 시절 너수니의 모든 것이었던 사람에게 진심이었다면 최소한의 성의를 보여라. 빠멘

Q36. 원래 잘 울지 않았는데, 이상하게 요즘엔 작은 일에도 눈물이 나고 마음이 아픕니다. 제가 약해진 걸까요?

빠처님 가라사대 오빠를 사랑하고 눈물이 많아진 수니야. 너는 약해진 것이 아니다. 그동안 참아왔던 고마움에 솔직해진 것이다. 빠멘

Q37. 누군가 오빠에 대해 물어보면 말문이 턱 막힙니다. 빠순심이 부족한 걸까요?? 죄책감이 듭니다.

빠처님 가라사대 너수니의 잘못이 아니다. 너무 당연해 생각조차 해보지 않았던 것, 바로 사랑 때문이다. 빠멘

Q38. 빠처님도 일상에서 힘이 들 때 오빠들을 보며 힘을 얻으시나요?

빠처님 가라사대 일상에서 힘들 때 오빠를 보며 힘을 얻는 것이 아니다. 오빠를 보다 넘치는 힘을 잠깐 일상생활에 푸는 것이니라. 빠멘

Q39. 그냥… 그냥 너무 힘듭니다. 빠순질을 그만할까 고민됩니다.

빠처님 가라사대 어떠한 상황 앞에서도 쓰러지지 말라. 우리가 이뤄냈던 수많은 기적의 순간들을 기억하라. 우리는 생각보다 강하다. 빠멘

Q40. 세상이 오빠의 진심을 몰라주는 것 같아 너무 마음이 아픕니다. 언젠가 이 아픔도 지나가겠지요?

빠처님 가라사대 가끔은 억울하게 눈물 흘려야 할 때도 있느니라. 그 순간을 잊지 말고 깊이 기억하라. 그날의 눈물이 미래에 단단한 발판이 될지니. 빠멘

나 좋자고 하는 빠순질입니다만

1판 1쇄 인쇄 2017년 9월 8일
1판 1쇄 발행 2017년 9월 15일

지은이 글 빠처님 | 그림 개니

발행인 양원석
본부장 김순미
편집장 최두은
책임편집 구소연
디자인 박재원
해외저작권 황지현
제작 문태일
영업마케팅 최창규, 김용환, 이영인, 양정길, 이선미, 신우섭, 이규진, 김보영, 임도진

펴낸 곳 (주)알에이치코리아
주소 서울시 금천구 가산디지털2로 53, 20층(가산동, 한라시그마밸리)
편집문의 02-6443-8854 구입문의 02-6443-8838
홈페이지 http://rhk.co.kr
등록 2004년 1월 15일 제2-3726호

ISBN 978-89-255-6229-2   03810